ANDRÉ VOISIN

LES MENSONGES DORÉS

J. ALTÉ, Éditeur

LES MENSONGES DORÉS

LA ROSE

ANDRÉ VOISIN

LES MENSONGES DORÉS

La Rose

TOULON
J. ALTE, Éditeur
QUAI CRONSTADT

MCMXXVIII

IL A ÉTÉ TIRÉ DE CET OUVRAGE, MILLE VINGT-CINQ EXEMPLAIRES NUMÉROTÉS, A SAVOIR : ONZE EXEMPLAIRES SUR VELIN DE LUXE, NUMÉROTÉS DE 1 A 11, LE PREMIER ÉTANT HORS COMMERCE ; MILLE QUATORZE EXEMPLAIRES SUR VELIN TEINTÉ DONT VINGT-CINQ EXEMPLAIRES D'AUTEUR, HORS COMMERCE, NUMÉROTÉS DE 12 A 36, ET NEUF CENT QUATRE-VINGT NEUF EXEMPLAIRES, NUMÉROTÉS DE 37 A 1025.

Exemplaire

A MUSETTE,

je dédie
ce livre de Prières.

A. V.

AU LECTEUR

Un mot, écoute cher Lecteur,
Si tu aimes la Poésie,
Les pensers qui viennent du cœur :
Lis ces vers, je te les dédie.

J'ai vécu d'un amour menteur
Ce qu'on peut vivre en une vie ;
Toute l'affre de la douleur
Et de mille nuits d'insomnie.

Et je m'excuse maintenant
D'avoir écrit à l'avenant ;
En vain, je me creusais la tête

Sans rien trouver qui fut nouveau.
Hélas, je m'étais cru poète,
Et ne suis que poètereau !

MENSONGES
D O R É S

LE MENSONGE DORÉ

J'ai vu des amoureux et j'ai vu des amants ;
Des femmes, des maris et toutes les maitresses
Jurer et répéter – adorables moments ! -
De rester l'un à l'autre et de s'aimer sans cesse.

Mais je les ai vus, tous, oublier leurs serments.
Et puis recommencer ! Eternelles promesses
Que l'on ne tient jamais - du moins pour bien longtemps
Car le cœur vit toujours de nouvelles tendresses.

Si vous avez souffert, ce fut une leçon.
Car ne croyez jamais qu'une femme vous aime ;
L'amour est un mensonge -- ô ! ne dites point non -
«Mensonge doré», soit, mais mensonge quand même !

RÊVERIE

I

Fille du Rêve
Qui donc es-tu ?
Brune ou blonde Eve ;
Tendre vertu,
Gente grisette ;
Rose ou Ninon,
Sapho, Musette ;
Quel est ton nom ?

II

Fleur sensitive,
O ! réponds-moi !
Légère et vive,
Folle d'émoi ;
Grande ou petite,
Aimant le bal ;
Es-tu un mythe
Être idéal ?

III

Pourquoi, ma belle,
O ! triste aveu,
Déjà rebelle,
Me dire adieu
(Heure trop brève)
Sans m'avoir vu ?...
Fille du Rêve
Qui donc es-tu ?

AUTREFOIS

I

Jadis l'amant, tel un oiseau,
Chantait refrain, sonnet, rondeau,
A sa très belle.
Heureuse alors, la blonde enfant,
A genoux, y mêlait son chant
En ritournelle.

II

Et parmi ces tendres pensers,
Quand venait l'heure des baisers
Et des caresses,
C'étaient des serments, des aveux,
Des mots très doux, des rêves bleus,
Et des promesses.

III

Quand venait le jour des cadeaux,
Désirait-elle des joyaux ?
O ! douce chose !
Sur ses lèvres, il déposait
Le bijou qu'elle préférait :
Un baiser rose !

IV

Mais aujourd'hui, trois fois shocking !
L'amour ce n'est plus que dancing,
Bijoux, toilettes...

. . . .

Mais si j'aimais, j'irais au bois,
A ma belle, comme autrefois,
Conter fleurettes !

LE BAISER

Le Poète

O! ma Muse, dis-moi, ce que c'est qu'un baiser.
Ecoute donc ma voix ; réponds à mon appel,
Dis-moi surtout pourquoi je ne puis m'en lasser;
Pourquoi il est si doux, mais bien souvent cruel.
O! ma Muse, dis-moi, ce que c'est qu'un baiser.

La Muse

Pourquoi donc ta flamme trop tendre
Fait-elle cette question ?
O! Poète, faut-il t'apprendre
Cette douce dévotion ?

Le Poète

De grâce, réponds-moi, Muse, je t'en supplie.
Découvre-moi ton âme ; aux accords de ta lyre,
Promène mon esprit dans cette île fleurie
Dont Jupiter, un jour, fit ton céleste empire.
De grâce, réponds-moi, Muse, je t'en supplie !

La Muse

N'entends-tu pas dans le ramage,
Chanter les augustes Cabires ?
La Poésie est leur langage,
Et un baiser, c'est leur sourire.

Comme l'oiseau sur une feuille,
Le baiser doucement se pose ;
Telle une rose qui s'effeuille
Et que la nuit métamorphose.

Et quand plus tard, dans sa vieillesse,
L'homme songe au premier baiser
Qu'il a reçu dans sa jeunesse,
L'émotion le fait pleurer.

Poète, puisses-tu mourir,
Quand viendra l'heure du trépas,
En emportant son souvenir :
Car le Baiser ne mourra pas !

◆

RAISON

Je sais, moi, que ta peau est blanche,
Ta main fine, ton pied petit ;
Et ce qui dans tes yeux se lit
Quand mon front sur ton front se penche.

Je sais, moi, que ton âme est franche,
Ton baiser doux, ton corps joli ;
Et que, parfois, ton cœur s'épanche
En un pleur que l'amour grossit.

Je sais aussi quel est l'emblème
De ta grâce qui resplendit.
Mais, toi, connais-tu le poème

Que je préfère à celui-ci ?
Car je t'aime comme je t'aime
Pour ce que je ne t'ai pas dit !

SIMPLE PENSÉE

Si ton cœur était une cage,
Je voudrais être prisonnier ;
Et pour ne point être volage,
Je voudrais qu'elle fut d'acier !

●

LE RÉVEIL

Etre une libellule,
Ou joli papillon ;
Déserter sa cellule
Puis, franchir ton balcon.

Et là, sous ta fenêtre,
Attendre ton réveil ;
Goûter ce fou bien-être
A nul autre pareil,

De voir ta tête brune
Emerger des draps blancs,
Qu'un gai rayon de lune
Rend presqu'étincelants !

Et puis, ta bouche fine
Semblant s'ouvrir encor
Au baiser qu'illumine
Un lointain rêve d'or,

Dont le parfum t'enivre,
Dans la tiédeur du soir,
Et qui te fait revivre
D'amour, sinon d'espoir!

Mais déjà l'aube claire
Prépare ton réveil.
Car un ange, ma chère,
N'attend que le soleil !

ODELETTE

Sur le socle brisé d'une lyre perdue,
J'avais gravé, jadis, ces rimes éperdues
Dont le parfum, souvent, embaume encor mes nuits :

En songe, je revois ton front qui me séduit ;
Ton œil trop noir qui brille, et ta bouche si fine
Que l'ombre d'un baiser d'un sourire illumine ;

Je sens ta main dans ma main tendrement pressée;
Je sens battre ton cœur ; ta poitrine oppressée ;
Mon âme s'ouvrir et le bonheur dans ma vie.

Car je t'aime, je t'aime ô ! Musette chérie ! . .

MENSONGES
A M E R S

CRAINTES

Chère Musette, à toi, ce timide sonnet
Dont la note un peu triste explique mes alarmes.
Car j'ai le cœur meurtri par un penser secret,
Et j'aicourbé le front et j'ai versé des larmes.

Ta mèche d'une main, de l'autre ton portrait,
J'observais ton visage, en épluchant tes charmes ;
Je t'aimais... et pourtant, tout-à-coup inquiet,
Je tremblai comme si tes yeux étaient des armes.

Mais qu'importe cela ! Je me ris de la mort.
De ma vie sans attrait, je maudirais le sort,
Si infidèle, un jour, tu rompais ta promesse.

A genoux, je t'implore : ô ! reste moi toujours,
Cruelle, ne fais point de mon cœur la détresse ;
Musette, je le veux, respecte nos amours !.

LETTRE

Mon cœur est las, mon âme est triste ;
Mon chant même n'est qu'un sanglot.
A t'aimer, en vain, je résiste
Pour t'adorer tout aussitôt.

. . . .

Pourquoi ne m'as-tu pas écrit ?
En vain, j'ai attendu ta lettre.
Suis-je donc un traître, un maudit ;
Quel crime ai-je donc pu commettre
Pour que tu ne répondes plus
Aux lettres qu'encór je t'adresse ?
Trop t'aimer était-ce un abus,
Qu'interdisait toute sagesse ?
Se peut-il que ce grand Amour
N'était qu'un vulgaire caprice ?
Etait-il donc écrit qu'un jour
Je devrais vider ce calice ?
Etait-ce donc là mon destin ?
N'avais-je point d'autre mérite
Que d'avoir été le « béguin »,
Le « flirt », dont on se lasse vite ?
Non, non, cela ne se peut pas !
Ton amour était trop loyal.
Je divague... même Judas
N'aurait jamais agi si mal !

Je n'ai plus de raison de vivre ;
Car le bonheur m'est défendu.
Je veux mourir... Pourquoi survivre ?
En te perdant, j'ai tout perdu !

Tu es mon amour et ma vie,
Pourquoi donc faire mon malheur ?
Ah ! Musette, je t'en supplie :
Reviens, ô ! Reine de mon cœur.
Ah ! oui, reviens ; tends-moi ta bouche ;
Prends-moi de nouveau dans tes bras.
De grâce, ne sois point farouche,
Rends-moi l'espoir, ne me tue pas !

POST-SCRIPTUM

Je veux qu'en un baiser sublime,
Nos cœurs unis vivent heureux ;
Refermant, à jamais, l'abîme
Qu'un autre a pu creuser entre-eux !

TERPSICHORE

O! déesse implacable !
Malheur du genre humain !
Ton mal inoxerable
N'aura-t-il point de fin ?

Tes flèches sont mortelles ;
Folle est ta passion.
Va ! déesse cruelle,
Ton art n'est qu'un poison !

Terpsichore, ô ! démence !
Car tu ne savais pas
Ce que serait la danse
Dont tu marquas le pas !

APHRODITE

I

Tu es Aphrodite... Et je t'aime,
Parce que tu ne m'aimes pas.
Ton cœur exhale le blasphème !
Tu es Aphrodite et je t'aime.
Hélas ton corps est un poème,
Et poésie sont tes appas.
Tu es Aphrodite et je t'aime...
Parce que tu ne m'aimes pas !

II

Aphrodite ! tu ensorcelles,
Telle Chrysis, telle Astarté !
Parce que le ciel te fit belle,
Aphrodite, tu ensorcelles !
Mais va ! tu n'es que la femelle
Qui profite de sa beauté,
Aphrodite tu ensorcelles,
Telle Chrisis, telle Astarté !

III

Pourquoi t'aimais-je à la folie ?
Pourquoi ton cœur était-il faux ?
Tu es celle que l'on n'oublie ;
Pourquoi t'aimais-je à la folie ?
Adieu joujou, poupée jolie ;
Hélas, le rêve était trop beau...
Pourquoi t'aimais-je à la folie,
Pourquoi ton cœur était-il faux ?

IV

Ami, l'amour est une forge
Dont la femme tient le soufflet !
Mon pauvre cœur d'elle regorge !
Ami, l'amour est une forge ;
Chassons l'image de sa gorge ;
Chantons ! Voici le cabaret.
Ami, l'amour est une forge
Dont la femme tient le soufflet...

LE TEMPS

A travers mes sanglots, je veux encor sourire.
Aimer était si doux, quand une noble ardeur
Unissait deux amours et deux cœurs en délire
Que, pour nous adorer, forma le Créateur.

Mais tu aimais la joie et dédaignant ma lyre,
Loin de moi maintenant, tu cherches le bonheur ;
Mais des baisers nouveaux que ta bouche respire
Tu chercheras, en vain, le charme ensorceleur.

Oh ! va-t-en maintenant, tu as brisé ma vie !
Aimer encor ? non, non, fini la comédie !
Car on apprend, vois-tu, toujours à ses dépens.

Ah! mais un jour viendra qui sera ma vengeance.
Rien ne cède devant sa terrible puissance,
C'est une arme invincible ; on la nomme : Le Temps !

DE PROFUNDIS CLAMAVI...

Hier, nous nous sommes vus, et depuis lors je pleure,
Car j'ai lu sur ton front comme en un livre ouvert.
Et j'ai compris, hélas, que ta beauté se meure
Comme si tu souffrais des maux dont j'ai souffert.

Oui, je pleure, et ma voix jusqu'à toi monte à peine,
Tant est profond l'abîme, où mon cœur est plongé.
— Gouffre obscur, infernal, fait d'amour et de haine,
D'où je ne sortirai que pour être vengé !

Et pourtant, ne crains rien, ce n'est pas la vengeance
Qu'un sentiment impur chercherait à nourrir.
J'ai aimé, j'aime encor ; c'est ma seule puissance,
Et l'amour ni le temps ne pourront l'amoindrir.

Mais je ne pleure pas de te voir malheureuse
Oh ! non, je te connais ; tu es une sans-cœur !
Jamais, tu ne seras une grande amoureuse.
Va ! mais songe à «Mimi», la bohème - ta sœur !

Hélas, aussi chez toi - capricieuse et folle -
Les plaisirs et l'argent, l'emportent sur l'amour.
Demain effacera, dans ton âme frivole,
Le souvenir éteint d'un caprice d'un jour !

Car un autre viendra, et puis d'autres encore.
Au gré du hasard tu iras de cœur en cœur.
Mais ainsi butinant, crains donc folle Pandore,
La colère d'Eros, ce terrible vengeur !

*
* *

Je pleure ta beauté, à jamais disparue ;
Tes longs cheveux bouclés ; ton gracieux minois ;
Tes charmes enfantins, et ta grâce ingénue :
Tout ce qui te rendait si jolie autrefois...

Ah ! Musette, pourquoi courir la prétentaine ?
Pourquoi ne pas quitter ces airs ambitieux ?
Crois-moi, sois sérieuse et non point si mondaine,
Si tu veux qu'on te prenne, un jour, au sérieux.

*
* *

Pourquoi t'ai-je revue, ah ! tellement changée ?
Je voudrais t'oublier et ne plus te revoir,
Et j'aimerais alors, en mon âme affligée
Le reste encor vivant d'un chimérique espoir.

Car loin de toi, je vis un songe poétique
Forgé d'illusions, embaumé de Santal.
— Rêve, à jamais brisé, et, pourtant magnifique
Qui me fait vivre en toi, ô! lointain idéal.

Musette, redeviens une « petite fille »,
Vivante de gaîté, belle comme autrefois,
Et plus tard, tu seras la mère de famille
Que tout le monde admire et respecte à la fois.

• ● •

L'ADIEU

Le Poète

Vois-tu, là-bas, vois-tu ce pierrot pâle et rose
Regarder le ciel bleu ?
Vois-tu ses yeux en pleurs et sa face morose
Au monde dire, adieu ?

La Muse

Oh ! qu'importe cela ? Pourquoi cette tristesse ?
Laisse donc ce jeannot !
Viens, poète, chantons ! buvons ! A nous l'ivresse !
C'est la joie qu'il nous faut !

Le Poète

Tais-toi, Muse, tais-toi . . . Tu déchires mon âme.
Ses malheurs sont les miens.
C'est la lune qu'il aime, et moi, j'aime une femme...
Amour ! quand tu nous tiens !

J'ai fait un rêve d'or ; le rêve de ma vie.
Comme un fou j'ai aimé.
Adieu, Muse, va-t-en . . Car ma tâche est finie
C'est la réalité !

« La vie a des rigueurs à nulle autre pareilles »
Trop aimer c'est souffrir !
Elle cache l'amour sous des teintes vermeilles,
Mais ne fait qu'éblouir !...

La Muse

Regarde le soleil, il semble te sourire ;
Pourquoi donc t'attrister ?
Regarde ta douleur, c'est elle qui t'inspire ;
Poète, il faut chanter !

Le poète

Hélas, pourquoi le ciel me créa-t-il poète,
Si c'était pour pleurer ?
Non, non, tout est fini... Ma douleur est complète
Et, je veux l'enterrer...

Ce soir avec mon cœur, je veux briser ma lyre.
Demain, c'est le tombeau.
Adieu Muse, je meurs. J'aime encor , je peux dire:
« C'est mon dernier cadeau ».

La Muse

Si tu aimes encor , ami, je t'en conjure,
Pourquoi te tourmenter?
Ajoute à ton «cadeau», cette ode moins obscure ;
Je veux te la dicter :

Je t'aime, et je veux te le dire,
Fut-ce pour la dernière fois
Mon bonheur, c'était ton sourire
Et ton charmant minois.

Je t'aime. Et ton cœur infidèle
Retrouvera en moi, toujours,
La flamme intacte et immortelle
De nos belles amours.

Je t'aime... Et si un jour tu pleures,
Je t'en supplie, ô ! pense à moi ;
Je prendrai ma lyre, et les heures
Seront douces pour toi

Je t'aime, et si... d'autres m'imittent,
Songe que moi j'ai adoré,
Car beaucoup s'aiment ; puis... se quittent !
Mon amour est sacré.

Je t'aime... Contre d'autres flammes,
A jamais, mon cœur est paré
Je n'aimerai plus d'autres femmes ;
Je l'ai dit : c'est juré !

Je t'aime... ô ! ne sois point cruelle !
Laisse-moi seulement l'espoir ;
Et si tu dis adieu, ma belle,
Que ce soit : Au Revoir !.

CHANSONS

CE SOIR DANS MA CHAMBRETTE

Pour mon excellent ami,
Willy Prins.

I

Une nuit, au clair de la lune,
J'ai vu tes yeux : ils m'ont souri.
Pourquoi ne pas aimer, ma brune ?
L'amour est un chemin fleuri.
Et chaque fleur dans sa sveltesse,
Qui nous enivre et resplendit,
Chante et répète avec ivresse
Ce que tout bas mon cœur te dit :

Ce soir, dans ma chambrette,
Je veux t'offrir mon cœur,
Et couronner ta tête
De parfums et de fleurs.
Ce soir, dans ma chambrette,
J'aurai pour te griser,
Une alcôve discrète :
Un temple de baisers .

II

La vie est belle quand on aime !
Tout soudain, semble radieux ;
L'amour une force suprême,
La femme un ange et l'homme un dieu !
Viens près de moi blottir ta tête,
Et laisse ta main dans ma main.
J'ai l'âme en feu, le cœur en fête ;
Ecoute mon joyeux refrain :

Ce soir, dans ma chambrette,
Je veux t'offrir mon cœur,
Et couronner ta tête
De parfums et de fleurs.
Ce soir, dans ma chambrette,
J'aurai pour te griser,
Une alcôve discrète :
Un temple de baisers !

III

Mais tu ne tins pas tes promesses.
Pour un autre tu me quittas,
Oubliant déjà les caresses
Que moi je n'oublierai pas.
Hélas, trop peu l'amour fut nôtre.
Pourquoi avoir brisé les liens
Qui nous unissaient l'un à l'autre ?
Voyons, je t'aime encor : reviens !

Ce soir, dans ma chambrette,
Je veux t'offrir mon cœur,
Et couronner ta tête
De parfums et de fleurs.
Ce soir, dans ma chambrette,
J'aurai pour te griser,
Une alcôve discrète :
Un temple de baisers !
Ce soir, dans ma chambrette...

LES CHATEAUX EN ESPAGNE

I

L'illusion divine et trop brêve
Dont nous gardons les souvenirs charmants,
C'est le printemps, c'est l'âge où l'on rêve
D'aimer toujours, comme dans les romans.
Il est si doux d'être l'un à l'autre,
De se chérir et de s'abandonner
Au bras galant qui soutient le nôtre
Si tendrement qu'on voudrait le garder !

Construisant, pas à pas, leurs châteaux en Espagne,
La jeunesse s'enfuit, ne laissant qu'un sillon
Qu'emportera le temps, farouche postillon !
C'est pourquoi j'aime à voir, l'amant et sa compagne
Aux sons mélodieux d'invisibles banjos,
Esquisser un baiser, se griser d'un tango,
Construisant, pas à pas, leurs châteaux en Espagne !

*
* *

L'homme est volage et femme est frivole.
Comme un oiseau déserterait son nid,
Bientôt, hélas, le rêve s'envole
Et dans le cœur livre place au dépit.
La vie alors devient plus perfide ;
L'on n'aime plus, car le masque est tombé.
Tout semble vain et tout semble vide,
Et l'on se rit d'avoir, parfois, rêvé...

Dès lors, en vous perdant, ô ! châteaux en Espagne,
Rêves, illusions, hélas, tout est perdu ;
Le bonheur est un mythe et l'amour inconnu.
Et j'ai souvent pleuré, au bras de ma compagne,
En songeant tristement aux pauvres cœurs brisés,
Qui sans raison, peut-être, un jour se sont quittés,
Détruisant, à jamais, leurs Châteaux en Espagne...

◆

NOUVEAUX MENSONGES

A UNE INCONNUE

Salut, ô ma belle inconnue,
Que l'amour mit sur mon chemin !
Je t'aime. Sois la bienvenue,
Et que ton sourire divin
Dans mon âme, à jamais, efface
Le mal creusé par la douleur,
Qui telle une sombre crevasse
Horriblement marque mon cœur.

Et cependant, je n'ose y croire.
J'ai tant aimé, j'ai tant souffert,
Que tout me paraît illusoire
Et fermé pour mon cœur ouvert.
Mais, à genoux, toi, je t'implore ;
Toi, qui m'a consolé, un soir,
Dis-moi, s'il faut sur terre encore,
Après l'amour garder l'espoir ?

■ ● ■

CE QUE POUR MOI VOUS ÊTES

In Memoriam H. D.

Quand même dussiez-vous, comme d'autres, hélas,
Être laide ou difforme, entachée ou flétrie,
Pourtant de vous chérir je ne cesserais pas,
Car vous serez, pour moi, toujours la plus jolie

Si pour toute vertu, vous n'aviez que défauts ;
Si vous étiez méchante ou hideusement rousse ;
Je trouverais encor vos cheveux les plus beaux,
Votre cœur le plus tendre et votre âme trop douce.

Mais vous êtes jolie, et si bonne surtout ;
Un seul de vos regards rappelle un jour de fête,
Et, pour vous voir sourire, on se met à genoux.
Comprenez-vous, alors, ce que pour moi vous êtes ?

CONFIDENCES

A ma sœur, ma petite fille,
pour ses dix-huit ans.

Je voudrais, aujourd'hui, d'une lyre fertile
Pouvoir tirer des sons harmonieux et purs,
Caressants et berceurs, qu'une Muse subtile
Emporterait, au loin, sous des cieux moins obscurs.
C'est que, petite fille, il me faut en chantant
Commémorer, pour toi, ce rare jour de fête
Qui chez nous, aujourd'hui, sacre tes dix-huit ans !

Jamais César n'a fait plus heureuse conquête
Que celle de ce «monde», où la première fois,
Ce soir, d'un pas tremblant tu feras ton entrée.
Mais tu seras la reine et si parmi les rois,
L'un d'eux, d'une couronne à ton chiffre brodée,
Voulait te faire don, ainsi que d'un royaume,
Laisse parler ton cœur, et songe que souvent
Le bonheur, au palais préfère un toit de chaume.

*
* *

Dix-huit ans ! . . .
Te voilà «grande fille», à présent.
Car hier encor enfant, te voilà demoiselle ;
Et hier encor bouton, te voilà fraîche fleur,
Chaque jour plus éclose et chaque fois plus belle !

D'un pas allègre et fier, tu franchiras sans peur
Le chemin qu'un destin, bienveillant et facile,
Aura drapé pour toi d'étoffes de grand prix.

Et ton âme bercée, en rêvant à l'idylle
Où peut-être ton cœur, dès demain, sera pris,
Pour répondre à l'appel de l'amour qui babille,
Allumera, sans doute, au feu de ses rayons,
Un rêve et un espoir... Car c'est, petite fille,
Pour ton âge que Dieu fit les illusions !

Mais va donc maintenant ! et chante ! et ris ! et danse !
Va ! jouis de la vie et prends ce que le Temps
Peut te donner encor, car tristement je pense
Que sur terre on n'a pas toujours ses dix-huit ans !

*
* *

Ainsi, tout jour de fête a sa mélancolie.
Car ce bel âge, hélas, est loin de moi déjà...
J'étais ainsi que toi, plein de foi dans la vie,
L'amour était mon maître et seul guidait mes pas ;
Et je marchais confiant en Elle et mon étoile,
L'âme pleine d'espoir et le cœur rayonnant,
Tel un soleil nouveau que le bonheur dévoile !...

Et j'étais si heureux, heureux d'aimer autant !

Car je l'aimais vois-tu, plus qu'on ne peut l'écrire ;
Plus même qu'un serment n'en peut faire l'aveu.
Et, mon amour était un superbe délire,
Où l'esclave à son Maître et le prêtre à son Dieu,
D'une adoration sans cesse répétée,
Offrirait l'holocauste...
ô désillusion !
Cruellement, un jour, changeant ma destinée,
Eros, jaloux, sema la désolation ..
Ce fut affreux, alors ..chaque heure eut sa tristesse,
Chaque instant son tourment, et mon cœur ulcéré
Ne battait même plus - avouant sa détresse -
Que pour l'aimer encor, après avoir pleuré...

Et j'ai pleuré jusqu'à ce que mon âme vide,
Pour avoir trop souffert, refusa de pleurer !
Mais Toi, qui si souvent d'une larme limpide,
En lisant, arrosas ces « Mensonges Dorés » ;

Toi, qui compris, enfin, ce que fut ma démence,
Comprends bien la leçon que contenaient mes vers ;
S'ils pouvaient t'épargner une seule souffrance
J'estimerais alors, avoir trop peu souffert !

*
* *

...Tu pleures ? Mais pourquoi ? Ne peux tu me le dire ?
Le dire à moi, ton grand frère et ton grand ami ?
Serait-ce un rêve ingrat que ton âme soupire ?
Voyons, ne pleure pas ! Laisse venir l'oubli...
Tout, hélas, est si vain ! Si vain, quand on y songe,
Qu'il vaudrait mieux, je crois, ne jamais y songer.
Et le plus bel amour souvent n'est qu'un mensonge ;
Est-ce alors pour cela qu'un cœur doit se ronger ?
Est-ce donc pour si peu qu'on doit briser sa vie ?
Allons ne souffre plus ; ce qui est mort est mort !
Et pour un autre amour, crois-moi, le cœur oublie...
Et puis, non !
Car vois-tu, moi... j'y pense encor...

◀ ■ ▶

LA ROSE

LA ROSE

Pour ma mère

Je suis la Rose d'or !
Et, je suis l'incroyable ;
Ma tige souple et fière, exquise, incomparable ;
S'élance vers les cieux en un superbe essor,
Emportant, dans son vol, le prix de mon trésor.

Chaque feuille, d'ailleurs, paraît un as de pique
Sculpté dans l'émeraude, au vert magnifique,
Dont les reflets lointains scintillent au soleil.
Et le moindre pétale, au velours sans pareil,
Forme en se repliant une conque précise
Au galbe merveilleux. Mon éclat rivalise
Avec la pourpre antique, avec l'or et le jais.
Je suis la Reine, enfin, le beau ; je suis l'Attrait.
Et, mon parfum subtil si doucement attire
Qu'un poète, en passant, s'arrête et s'inspire...

Ainsi parlais-je un jour, à quelque visiteur
Qui d'une main experte auscultait chaque fleur.
Un sourire égaya, d'une riante flamme,
Son visage sensible en songeant à la dame
Dont ma beauté, demain, servirait d'ornement
Pour le plaisir des yeux et celui d'un amant !

*
* *

Ah ! j'allais vivre, enfin ! Renverser l'équilibre
Des jours mornes et froids de Province ! Etre libre !
Vivre selon mon cœur ! Vivre en voyant Paris !
Vivre et me savoir belle. Aimer le monde épris
De beauté, de jeunesse. Aimer la poésie ;
Vivre en la conquérant. Vivre ! Vivre ma vie !

Et c'est ainsi qu'un soir, fuyant le clair vallon ;
Fuyant les champs fleuris, je fus fleur de salon...
Salon éblouissant qui devint une geôle !

Entre l'homme blasé, jouant encor son rôle
De viveur dégouté d'avoir mimé l'amour ;
Et la femme pâmée à qui l'on fait la cour ;
Entre un poète saoûl, jaloux d'être stérile ;
L'actrice-à-tout-le-monde, et l'esthète inutile,
J'étais la vierge ! Un lys, trônant sur un fumier !
Fumier de chair humaine, où l'instinct meurtrier
De l'animal humain finalement se pâme,
Sous prétexte d'amour, avec des cris infâmes ;

Fumier, dont ma pudeur vainement s'efforçait
D'oublier le dégoût que j'en avais après !
Puis, enfin, défaillante et prise à leur magie,
Je souillai ma vertu dans leur immonde orgie. .

Quand il ne resta rien de mes charmes perdus ;
Quand le vice eut sali tout ce qui m'eut rendu
La force de lutter, de vaincre le vertige ;
Quand le dernier ivrogne eut spolié ma tige ;
Je me laissai glisser, surmontant mon dégoût,
Du salon au trottoir, du trottoir à l'égoût !

***

Je pleure maintenant mes dernières pétales,
En songeant au destin de tant d'autres vestales
Qui bravent leur jeunesse, et dont l'orgueil malsain
En flétrissant la Rose, en marque aussi la fin...

TABLE

TABLE

MENSONGES DORÉS

MENSONGES AMERS

CHANSONS

NOUVEAUX MENSONGES

LA ROSE

ACHEVÉ D'IMPRIMER
LE 31 DÉCEMBRE 1928
SUR LES PRESSES DE
A. BORDATO, IMPRIMEUR
. . . A TOULON . . .

www.ingramcontent.com/pod-product-compliance
Ingram Content Group UK Ltd.
Pitfield, Milton Keynes, MK11 3LW, UK
UKHW021559260726
13993UKWH00002B/940